Is le

an leabhar seo

Is Cuimhin Liom Róló

Scríofa ag Jennifer Moore-Mallinos

Maisithe ag Marta Fàbrega

Leagan Gaeilge le Tadhg Mac Dhonnagáin

Futa Fata

Tagann gach rud beo ar an saol,
bíonn sé anseo ar feadh tamaill,
agus ansin imíonn sé arís.

Sin mar a bhíonn le do pheata. Tagann sé
ar an saol, bíonn sé beo ar feadh tamaill
agus imíonn sé arís nuair a fhaigheann sé bás.
Bíonn tús agus deireadh le gach saol.

An bhfuil peata agat féin? Nó an raibh ceann
agat cheana? Cén sort peata a bhí ann?
Cén t-ainm a bhí air?

Róló an t-ainm a bhí ar mo pheata-sa.
Madra iontach a bhí ann agus bhíomar
an-mhór le chéile.

Is cuimhin liom an chéad uair a leag mé súil ar Róló.
Rith sé isteach an doras agus ribín mór dearg timpeall
ar a mhuineál aige. Rith sé chugam ar an bpointe.
Phioc mé suas é agus thosaigh sé ag lí m'éadain.
Bhí mé fliuch báite aige!

8-9

Bhí Róló an-bheag an t-am sin. Ní raibh sé i bhfad ar an saol. Ach thosaigh sé ag fás agus ag fás. Bhí mise ag fás chomh maith. Mhaireamar le chéile go sona sásta, ag rith agus ag spraoi gach lá.

Ba ghearr go raibh Róló ina mhadra mór fásta suas.
Bhí sé ag athrú an t-am ar fad. Gach bliain, d'éirigh sé beagán
níos sine. De réir a chéile, bhí Róló ag éirí sean. Bhí tuirse ag
teacht air. Ní raibh sé in ann a bheith ag rith agus ag spraoi níos
mó. Ní raibh sé in ann faitíos a chur na cearca níos mó.

Ar deireadh, bhí Róló bocht ag siúl
go han-mhall. Bhí cuma bhrónach air.
Thug mise agus mo Dhaid é chuig dochtúir
na n-ainmhithe, an tréidlia. Dúirt an tréidlia
linn go raibh Róló an-sean agus an-tinn.
Dúirt sé nach dtiocfadh biseach air.

Bhí an ceart ag an tréidlia. Níor tháinig biseach ar Róló. Lá amháin, luigh sé síos agus dhún sé a shúile. Stop a chroí ag bualadh. Bhí sé ar nós go raibh sé imithe a chodladh. Ach an uair seo, ní raibh sé chun dúiseacht arís. Bhí Róló tar éis an saol seo a fhágáil. Bhí sé tar éis bás a fháil.

Is cuimhin liom cé chomh brónach a bhí mé an lá ar cailleadh Róló. Chaith mé an lá ag caoineadh. Ní raibh mé ag iarraidh aon rud eile a dhéanamh. Cheap mé go raibh mo chroí chun briseadh. Céard a dhéanfainn gan Róló? Ar bhealach, bhí mé crosta leis — cén fáth go raibh sé tar éis imeacht ón saol agus mise a fhágáil liom féin? Labhair mé le mo Dhaid faoi. Dúirt seisean liom nach raibh aon rogha ag Róló — b'éigean dó imeacht. Ansin, ní raibh mé chomh crosta céanna leis.

Chuireamar Róló in áit speisialta - faoi chrann mór ag barr an chnoic, áit a mbímis ag spraoi go minic nuair a bhí an bheirt againn beag. Nuair a bhí Róló curtha, d'fhág mise agus mo mhuintir slán leis. Bhí sé an-deacair slán a fhágáil ag mo chara speisialta. "Ní dhéanfaidh mé dearmad ort go deo, a Róló" a dúirt mé leis.

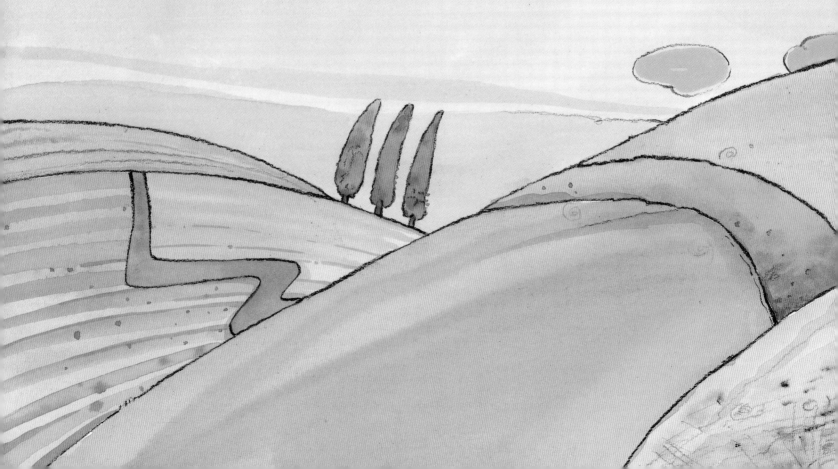

Agus ní dhearna. Le himeacht ama, bhí mé in ann cuimhniú ar na rudaí speisialta ar fad a bhí déanta le chéile againn, gan a bheith róbhrónach faoi. Bhí mé in ann cuimhniú ar an lá a chuaigh mé i bhfolach uaidh istigh sa scioból. Nó an uair a chuamar ag snámh sa loch. Ba bhreá le Róló a bheith ag snámh agus ba bhreá liomsa é chomh maith.

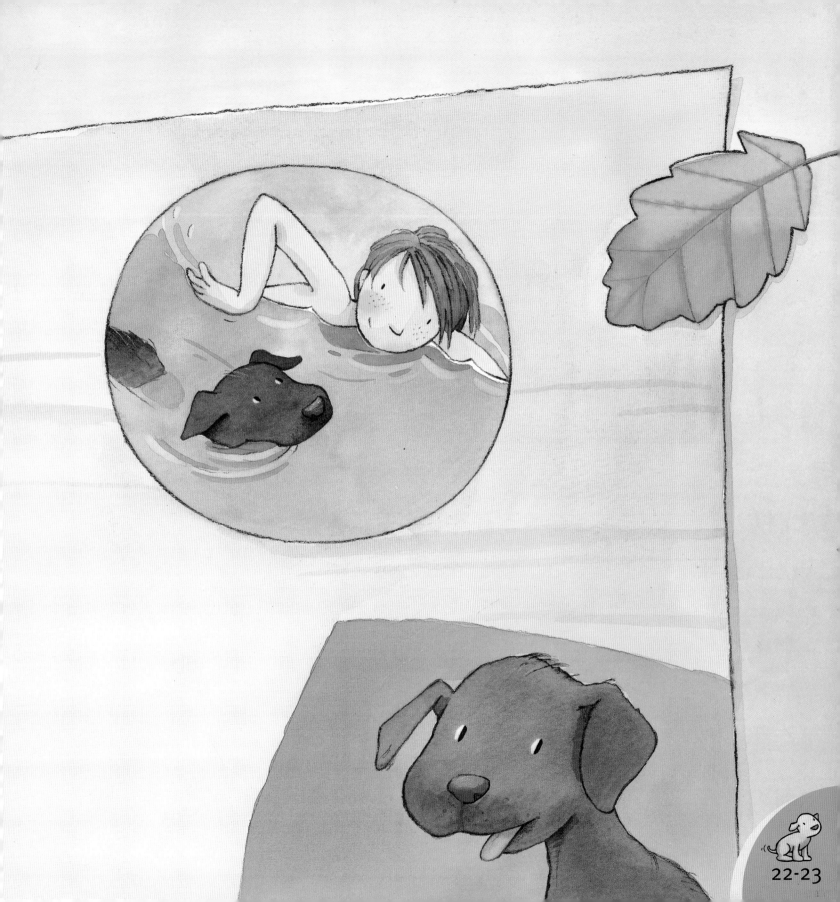

Anois nuair a bhí mé ag cuimhniú siar ar Róló, bhí mé ag gáire liom féin. Agus cé nach raibh sé ann níos mó le m'éadan a lí lena theanga, bhí sé liom i gcónaí. Beidh cuimhne agam i gcónaí ar an am a chaith mé féin agus Róló le chéile. Cara an-speisialta a bhí ann. Anois is breá liom suí faoin gcrann mór ar an gcnoc, lá breá samhraidh, ag caint le Róló.

Ach an bhfuil a fhios agat céard é féin? Tá cara nua agam!
Plámás is ainm dó. Rith sé isteach an doras an lá cheana
agus ribín mór dearg timpeall ar a mhuineál aige. Rith sé
chugam ar an bpointe. Phioc mé suas é agus thosaigh sé
ag lí m'éadain. Bhí mé fliuch báite aige!

Tá Plámás difriúil ó Róló. Tá dath difriúil air.
Is maith leis bia difriúil. Ach fós féin, tá mé
cinnte go mbeadh Róló agus Plámás an-mhór
le chéile. Agus cé go bhfuil cara nua agam,
ní dhéanfaidh mé dearmad go deo ar Róló.
Cara an-speisialta a bhí ann agus fanfaidh sé
i mo chroí i gcónaí.

Nóta
do na daoine fásta

Bíonn cairdeas agus grá an-speisialta ag páistí dá bpeataí. Nuair a fhaigheann peata bás, bíonn brón an-mhór orthu.

Go minic is é bás an pheata an chéad taithí a bhíonn ag páiste ar an mbás. Bíonn ar an bpáiste déileáil le mothúcháin láidre an uair sin, mothúcháin atá deacair le tuiscint. Is é an chéad chéim don pháiste chun déileáil lena mbrón ná a bheith in ann labhairt faoi.

Is féidir "Is Cuimhin Liom" a úsáid le comhrá a spreagadh idir tú féin agus do pháiste. Cabhróidh an leabhar leo a thuiscint go bhfuil sé ceart go leor a bheith brónach, nó feargach, nuair a imíonn cara mór leo den saol.

Léiríonn "Is Cuimhin Liom" chomh maith go bhfuil sé ceart go leor grá a thabhairt do pheata nua. An cairdeas agus an grá a bhí againn don pheata atá imithe, beidh sé linn i gcónaí.

Do Jake agus a chairde móra –
Chris, Eric agus Mark.

Is Cuimhin Liom

Foilsithe den chéad uair © 2005 ag Gemser Publications S.L.
Barcelona, An Spáinn, faoin teideal "No Te Olvido".

Leagan Gaeilge © 2009 Futa Fata – an chéad chló

Clóchur Gaeilge: Anú Design

ISBN: 978-1-906907-01-3

An Chomhairle um Oideachas
Gaeltachta & Gaelscolaíochta

Gabhann Futa Fata buíochas le COGG – An Chomhairle um Oideachas Gaeltachta agus Gaelscolaíochta as ucht cúnamh airgid a chur ar fáil d'fhoilsiú na sraithe "Bímis ag Caint Faoi".